人魚の嘆き

谷崎潤一郎＋ねこ助

初出：「中央公論」１９１７年１月

谷崎潤一郎

明治19年（1886年）東京生まれ。東京帝国大学国文科中退。在学中に同人雑誌「新思潮」（第二次）を創刊し、「刺青」などを発表する。代表作に、『痴人の愛』『春琴抄』『細雪』『陰翳礼讃』などがある。「乙女の本棚」シリーズでは本作のほかに、『二人の稚児』、『刺青』（どちらも谷崎潤一郎＋夜汽車）、『魔術師』（谷崎潤一郎＋しきみ）、『秘密』（谷崎潤一郎＋マツオヒロミ）がある。

ねこ助

鳥取県出身のイラストレーター。書籍の装画、ゲーム、CDジャケットなどのイラストを手がける。著書に『ルルとミミ』（夢野久作＋ねこ助）、『鼠』（堀辰雄＋ねこ助）、『魚服記』（太宰治＋ねこ助）、『山月記』（中島敦＋ねこ助）、『赤とんぼ』（新美南吉＋ねこ助）、『Soirée ねこ助作品集　ソワレ』がある。

むかしむかし、まだ愛親覚羅氏の王朝が、六月の牡丹のように栄え輝(かがや)いていた時分、支那の大都の南京に孟世燾(もうせいちゅう)という、うら若い貴公子が住んでいました。この貴公子の父なる人は、一と頃北京の朝廷に仕えて、乾隆の帝(みかど)のおん覚えめでたく、人の羨むような手柄を著わす代りには、人から擯斥されるような巨万の富をも拵えて、一人息子の世燾が幼い折に、この世を去ってしまいました。すると間もなく、貴公子の母なる人も父の跡を追うたので、取り残された孤児の世燾は、自然と山のような金銀財宝を、独り占めにする身の上となったのです。

年が若くて、金があって、おまけに由緒ある家門の誉を受け継いだ彼は、もうそれだけでも充分仕合わせな人間でした。然るに仕合わせはそれのみならず、世にも珍しい美貌と才智とが、この貴公子の顔と心とに恵まれていたのです。彼の持っている夥しい貲財や、秀麗な眉目や、明敏な頭脳や、それ等の特長の一つを取って比べても、南京中の青年のうちで、彼の仕合わせに匹敵する者はいませんでした。彼を相手に豪奢な遊びを競い合い、教坊の美妓を奪い合い、詩文の優劣を争う男は、誰も彼も悉く打ち負かされてしまいました。そうして南京に有りと有らゆる、煙花城中の婦女の願いは、たとえ一と月半月なりと、あの美しい貴公子を自分の情人にすることでした。

　世燾は、こういう境遇に身を委ねて、漸く総角の除れた頃から、いつとはなしに遊里の酒を飲み初め、その時分の言葉で云う、窃玉偸香の味を覚えて、二十二三の歳までには、およそ世の中の放蕩という放蕩、贅沢という贅沢の限りを仕尽してしまいました。そのせいか近頃は、頭が何となくぼんやりして、何処へ行っても面白くないので、終日邸に籠居したまま、うつらうつらと無聊な月日を送っています。

「どうだい君、この頃はめっきり元気が衰えたようだが、ちと町の方へ遊びに出たらいいじゃないか。まだ君なんぞは、道楽に飽きる年でもないようだぜ。」

悪友の誰彼が、こう云って誘いに来ると、いつも貴公子は懶げな瞳を据えて、高慢らしくせせら笑って答えるのです。

「うん、……己だってまだ道楽に飽きてはいない。しかし遊びに出たところで、何が面白いことがあるんだい。己にはもう、有りふれた町の女や酒の味が、すっかり鼻に着いているんだ。ほんとうに愉快なことがありさえすれば、己はいつでもお供をするが、……」

貴公子の眼から見ると、年が年中同じような色里の女に溺れて、千篇一律の放蕩を謳歌している悪友どもの生活が、寧ろ不憫に思われることさえありました。もしも女に溺れるならば、普通以上の女でありたい。もし放蕩を謳歌するなら、常に新しい放蕩でありたい。貴公子の心の底には、こういう慾望が燃えているのに、その慾望を満足させる恰好な目標が見当らないので、よんどころなく彼は閑散な時を過しているのでした。

しかし、世襲の財産は無尽蔵でも、彼の寿命は元より限りがありますから、そういつまでも美しい「うら若さ」を保つ訳には行きません。貴公子も折々それを考えると、急に歓楽が欲しくなって、ぐずぐずしてはいられないような気分に襲われることがあります。何とかして今のうちに、現在自分の持っている「うら若さ」の消えやらぬ間(ま)に、もう一遍たるんだ生活を引き搾(しぼ)って、冷えかかった胸の奥に熱湯のような感情を沸騰させたい。連夜の宴楽、連日の讌戯(えんぎ)に浸りながら、猶(なお)倦むことを知らなかった二三年前の昂奮した心持ちに、どうかして今一度到達したい。などと焦っては見るのですが、別段今日になって、彼を有頂天にさせるような、香辣な刺戟もなければ斬新な方法もないのです。もはや歓楽の絶頂を極め、痴狂(ちきょう)の数々を経験し尽した彼に取って、もうそれ以上の変った遊びが、この世に存在する筈はありませんでした。

そこで貴公子は仕方なしに、自分の家の酒庫にある、珍しい酒を残らず卓上へ持ち来らせ、又町中の教坊に、四方の国々から寄り集まった美女の内で、殊更才色のめでたい者を七人ばかり択び出させ、それを自分の妾に直して、各々七つの綉房に住まわせました。酒の方では、先ず第一が甜くて強い山西の潞安酒、淡くて柔かい常州の恵泉酒、その外蘇州の福珍酒だの、湖州の烏程潯酒だの、北方の葡萄酒、馬奶酒、梨酒、棗酒から、南方の椰漿酒、樹汁酒、蜜酒の類に至るまで、四百餘州に名高い佳醴芳醇は、朝な夕なの食膳に交る交る盃へ注がれて、貴公子の唇を湿おしました。しかしこれ等の酒の味も、以前に度び度び飲み馴れている貴公子の舌には、それ程新奇に感ずる筈がありません。飲めば酔い、酔えば愉快になるものの、何となく物足りない心地がして、昔のように神思飄颻たる感興は、一向胸に湧いて来ないのです。

「どうして内の御前さまは、毎日あんなに鬱ぎ込んで、退屈らしい顔つきばかりなすっていらっしゃるのだろう。」

七人の妾たちは、互いにこう云って訝りながら、有らん限りの秘術をつくして、貴公子の御機嫌を取り結びます。紅々という、第一の妾は声が自慢で、隙さえあれば愛玩の胡琴を鳴らしつつ、婉転として玉のような喉嚨を弄び、鶯々という、第二の妾は秀句が上手で、機に臨み折に触れては面白おかしい話題を捕え、小禽のような絳舌蜜嘴をべらべらと囀らせる。肌の白いのを得意としている、第三の妾の窈娘は、動ともすると酔に乗じて、神々しい二の腕の膩肉を誇り、愛嬌を売り物にする第四の妾の錦雲は、いつも豊頬に腮窩を刻んで、さもにこやかにほほ笑みながら、柘榴の如き歯列びを示し、第五、第六、第七の妾たちも、それぞれ己れの長所を恃んで、頻りに主人の寵幸を争うのです。けれども貴公子は、この女たちの孰れに対しても、格別強い執着を抱く様子がありません。世間普通の眼から見ると、彼等は絶世の美人に違いありませんが、驕慢な貴公子を相手にしては、やはり酒の味と同じように、折角の嬌態が今更珍しくも美しくも見えないのです。こういう風で、次ぎから次ぎへと絶えず芳烈な刺戟を求め、永劫の歓喜、永劫の恍惚に、心身を楽しませようという貴公子の願いは、なかなか一と通りの酒や女の力を以て、遂げられる訳がないのでした。

「金はいくらでも出してやるから、もっと変った酒はないか。もっと美しい女はいないか。」

貴公子の邸へ出入する商人どもは、常にこういう注文を受けていながら、未だ嘗て彼の賞讃を博する程の、立派な品を齎(もたら)した者はいませんでした。中にはまた、物好きな貴公子の噂を聞いて、金が欲しさに諸所方々の国々から、えたいの知れないまやかし物を、はるばると売り附けに来る奸商があります。

「御前さま、これは私(わたくし)が西安の老舗の庫から見つけ出した、千年も前の酒でございます。何でもこれは唐の昔に、張皇后がお嗜みになったという、有名な鴆脳酒だと申します。又この方は、同じく唐の順宗皇帝がお好みになった、龍膏酒だそうでございます。嘘だと思し召すならば、よく酒壷の古色を御覧下さいまし。千年前の封印が、この通り立派に残っております。」

こんな工合に持ちかけるのを、人の悪い貴公子は、黙々として聞き終ってから、さて徐ろに皮肉を云いました。

「いや、お前の能弁には感心するが、己を欺そうという了見なら、もう少し物識りになるがいい。その酒壺は江南の南定窯という奴で、南宋以前にはなかった代物だ。唐の名酒が宋の陶器に封じてあるのは滑稽過ぎる。」

こう云われると商人は一言もなく、冷汗を掻いて引き退ってしまいます。実際、陶器に限らず、衣服でも宝石でも絵画でも刀剣でも、あらゆる美術工藝に関する貴公子の鑑識は、気味の悪いくらい該博で、支那中の考古学者と骨董家とが集まっても、到底彼の足元にすら及ばないことは確かでした。

女を売りに来る輩も、うるさい程多勢あって、めいめい勝手な手前味噌を列べ立てます。

「御前さま、今度という今度こそ、素晴らしい玉が見つかりました。生れは杭州の商家の娘で、名前を花麗春と云う、十六になる児でございますが、器量は元より藝が達者で詩が上手で、先ずあれ程の優物は、四百餘州に二人とはございますまい。まあ欺されたと思し召して、本人を御覧になっては如何でございましょう。」

こんな話を聞かされると、毎々彼等に乗せられていながら、つい貴公子は心を動かして、一応その児を検分しないと気が済みません。

「それでは会って見たいから、早速呼んで来るがいい。」――多くの場合、彼はともかくもこういう返辞を与えるのです。

しかし、人買いの手につれられて、貴公子の邸へ目見えに上る美人連は、餘程厚顔な生れつきでない限り、大概赤恥を掻かされて、泣く泣く逃げて帰るのが普通でした。なぜと云うのに、その人買いと美人とは、最初に先ず、豪奢を極めた邸内の庁堂へ請ぜられ、長い間待たされた後、今度は更に鏡のような花班石の舗甎(ぶうせん)を蹈(ふ)んで、遠い廊下を幾曲りして、遂に奥殿の内房へ案内されます。見ると其処(そこ)では今や盛大な宴楽が催され、或る者は柱に凭(もた)れて簫笛を吹き、或る者は囲屏に倚って琵琶を弾じ、多勢の男女が蹣跚(まんさん)と入り交りつつ、手に手に酒琖を捧げながら、雲鑼(うんら)を打ち月鼓を鳴らして、放歌乱舞の限りを尽しているのです。もうそれだけで、好い加減胆を奪われてしまいますが、しかも主人の貴公子は、いつも必ず一段高い睡房の帷(とばり)の蔭に、錦繍の花毯(かたん)の上へ身を横たえて、さも大儀そうな欠伸(あくび)をしながら、眼前の騒ぎを餘所(よそ)にうつらうつらと、銀の煙管で阿片を吸うておりました。

「成る程、四百餘州に二人とない美人と云うのは、この児のことかな。………」

貴公子はやおら身を起して、睡そうな眼でじろりじろりと二人を視詰めます。そうかと思うと、直ぐに鼻先でせせら笑って、

「………だがしかし、四百餘州という所は、己の内より餘程女がいないと見える。お前も人買いを商売にするなら、後学のために己の妾を見てやってくれ。」

かく云う主人の声に応じて、例の七人の寵姫たちは、さながら馴らされた鳩のように、忽ち綉簾の隙間から、ぞろぞろと其処へ姿を現わすのです。思い思いの羅綾を纏い、思い思いの搔頭を翳したおのおのの寵姫の背後には、いずれも双鬟の美少年が、左右に二人ずつ扈従しながら、始終柄の長い絳紗の団扇で、彼等の紅瞼に微風の漣を送っています。彼等は七人の女王の如く、光り耀く驕笑を浮べて、貴公子の周囲に彳立したまま、互いに顔を見合わせて、いつまでも黙っています。黙っていれば黙っている程、彼等の美貌は一と際鮮やかに照り渡り、いかほど慾に眼の晦んだ人買いでも、思わず知らず恍惚とせずにはいられません。暫く茫然として、讃嘆の瞬きを続けた後、漸く我に復った人買いは、顧みて自分の売り物の哀れさ醜さに心付くと、挨拶もそこそこに、這う這うの体で邸を逃げ出してしまいます。その後ろ影を見送りながら、主人の貴公子は張り合いのない顔つきをして、がっかりしたように、再び臥ころんでしまうのでした。

やがて、その年の夏が暮れ、秋が老けて、十月朝の祭も終り、孔夫子の聖誕も過ぎてしまいましたが、彼の頭に巣喰っている倦怠と幽鬱とは、依然として晴れる機会がありません。「うら若さ」を頼みにしている貴公子も、いよいよ来年は二十五歳になるかと思えば、房々とした鬢髪の色つやまでが、だんだん衰えて来るように感ぜられます。気分が塞げば塞ぐほど、心が淋しくなればなるほど、享楽に憧れ、昂奮を求める胸中のもどかしさはますます募って、旨くもない酒を飲んだり、可愛くもない女を嬲ったり、十日も二十日も長夜の宴を押し通して、沸き返るような馬鹿騒ぎを催したり、いろいろ試して見ますけれど、さっぱり利き目はありませんでした。それで結局は、あの獏という獣のように、阿片を吸って夢を喰って、荒唐無稽な妄想の雲に囲繞されつつ、終日ぼんやりと、手足を伸ばしているより外はなかったのです。

貴公子の眉の曇りは晴れやらぬままに、とうとうその年が明けて、のどかな迎春の季節となりました。この時分、大清の王化は洽く支那の全土に行き渡り、上に英明の天子を戴いた十八省の人民は、鼓腹撃壌の泰平に酔うて、世間が何となく、陽気に浮き立っていましたから、正月の南京の町々は近来にない賑やかさです。
ちょうど一月の十三日——いわゆる上燈の日から十八日の落燈の日まで、六日の間を燈夜と唱えて、毎年戸々の家々では夜な夜な門前に燈籠を点じ、官庁や富豪の邸宅などは、楼上高く縮緬の幔幕を張り綵燈を掲げて、酒宴を設け糸竹を催します。又、市中目貫きの大通りには、恰も日本で大阪の夏の町筋を見るように、往来の片側から向う側の軒先へ、木綿の布を掩い渡して燈棚を造り、それに紅白取り取りの燈籠をぶら下げます。そうして街上到る所に寄り集うた若者は、法華の信者がお会式の万燈を担ぐように、龍燈馬燈獅子燈などを打ち振り打ち振り、銅鑼を鳴らし金鑼を叩いて練り歩くのです。しかし、このお祭りの最中にも、例の貴公子の顔つきばかりは相変らず沈み勝ちで、少しも冴え冴えとする様子がありません。

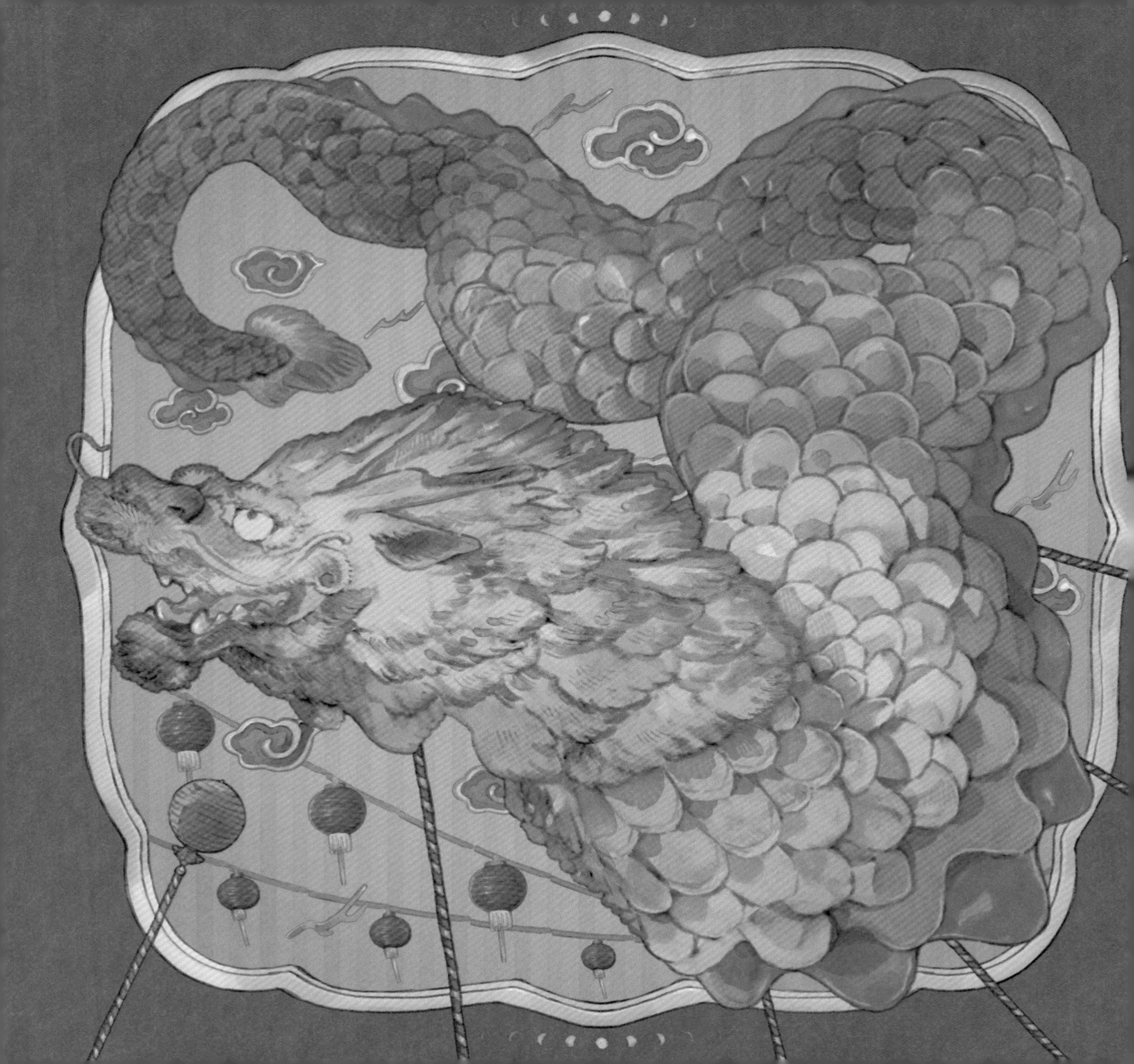

上燈(しゃんてん)の晩から二三日過ぎた、或る日の夕方のことでした。貴公子は眺望のいい南面の露台に出て、榻(とう)に凭(もた)れながら、いつもの通り銀の煙管で阿片をすぱすぱと吸っていました。ちょうど其処からは、市街の雑沓(ざっとう)が手に取るように瞰(み)おろされ、今しも一斉に明りを入れた幾百千の燈籠は、白銀(はくぎん)のような夕靄(ゆうもや)の中にぎらぎらと流れて、たそがれの舗面を鱗のように光らせています。とある廣小路の四つ角には、急拵えの戯台が出来て、旗を掲げ幟(のぼり)を翻し、けばけばしい扮装をした二人の俳優が、奏楽の音につれながら数番の倣戯(つおーひー)を演じています。長い間戸外の空気に遠ざかって、宮殿の奥に蟄居していた貴公子の眼には、ふと、これ等の光景が、一種異様な、云わば珍しい外国の都に来たような、奇妙な感じを起させたのでありましょう、――それとも又、阿片の煙に酔いしれて、途方もない幻覚を摑んだのでもありましょう、彼はいつの間にか手に持っていた煙管を置いて、露台の欄杆(らんかん)に頬杖をついたまま、見るとはなしに巷の騒ぎを視詰めているのです。折柄其処へ通りかかった参々伍々の群集は、いずれもおどけた仮装行列の隊を組んで、恰も貴公子の憂愁を慰めるように、一と際高く足拍子を蹈み歓呼の声を放ちました。続いて後から、さまざまな魚鳥の形に擬えた燈籠を翳(かざ)しながら、いわゆる行燈(ひんてん)の一団がやって来ます。

その時、貴公子の視線は、一つの不思議な人影の上に注がれて、長い間熱心に、それを追いかけているようでした。その男は、頭に天鵞絨（びろうど）の帽子を冠り、身に猩々緋（しょうじょうひ）の羅紗の外套を纏い、足には真黒な皮の靴を穿（は）いて、一匹の驢馬に轎を曳かせて来るのです。そうして、折角の靴も帽子も外套も、長途の旅に綻（ほころ）びたものか、ところどころ穴が明いたり、色が褪（あ）せたりしています。彼の前には、数十人の行燈（ひんてん）の人々が、五六間もあろうという大きい眼ざましい龍燈を担ぎながら、数十梃の蠟燭を燃やして、えいやえいやと進んで行きますが、この龍燈の一群と、その男とは何の関係もないらしく、彼は時々立ち止まって、さもさも疲労したような溜息を洩らしつつ、往来の喧囂（けんごう）を眺めています。初めのうちは、仮装行列の隊伍に後れた一人のように見えましたけれど、だんだん貴公子の邸の傍へ近づくに随い、驢馬や轎車を従えている風体が、どうもそれとは受け取れません。且その男は、啻（ただ）に服装ばかりでなく、皮膚や毛髪や瞳の色まで、全く普通の人間と類を異にしているのでした。

「………あれは多分、西洋の人種に違いあるまい。恐らく南洋の島国から漂泊して来た、阿蘭陀（オランダ）人か何かであろう。」

　貴公子はそう思いました。尤も、その頃は南京の町に、折々欧人の姿を見かける時代でしたが、こういう祭の最中に、しかも行列の人波に揉まれながら、素晴らしく眼に立つ風俗をして、くたびれた足を引き擦って、乞食の如くさまようているその男の挙動には、どうしても不審を打たずにはいられません。そうして猶更不思議なことには、ちょうど露台の真下へ来かかると、彼は突然歩みを止めて、例のびろうどの帽子を脱いで、恭（うやうや）しく楼上の貴公子に挨拶をするのです。

　見ると、その男は、驢馬に曳かせた車の方を指さしながら、貴公子に向って、何かしきりにしゃべっています。

「この車の轎の中には、南洋の水底（みなぞこ）に住む、珍しい生物が這入（はい）っています。私はあなたの噂を聞いて、遠い熱帯の浜辺から、人魚を生け捕って来た者です。」

表の騒ぎが激しいために、はっきりとは聞き取れませんが、彼は覚束ない支那語を操って、こういう意味を語っているのでした。何となく耳馴れない、おかしな訛りのある西人の唇から、「人魚」という言葉を聞いた時、貴公子は自分の胸が、我知らずときめくように感じました。彼は勿論、生れてから一遍も人魚という者を見たことはありません。けれども、今図らずも南洋の旅人の口から、「人魚」という支那語が、一種特有なUmlautを以て発音されると、それに一段の神秘な色が籠っているように思われたのです。

「これ、これ、誰か表へ行って、彼処に立っている紅毛の異人を、急いで邸へ呼び入れてくれ。」

貴公子は例になくあわただしい口吻で、近侍の姣童に云いつけました。

程なく、驢馬は貴公子の邸内深く引き込まれ、第一の大門を入り、第二の儀門を潜り、後庭の樹林泉石の門を繞って、昼を欺く紅燈の光を湛えた、内庁の石階のほとりに据えられました。貴公子はいつものように、七人の寵姫を身辺に侍らせながら、廊下の端近く倚子を進めると、それを見た異人は再び恭しく地に跪き、支那流の作法に依って稽首の礼を行うた後、又もあやしい発音で、たどたどしく語り始めるのです。

「私(わたくし)がこの人魚を獲(え)たのは、廣東の港から幾百海里を隔てている、蘭領の珊瑚(さんご)島の附近でした。或る日私は、其処へ真珠を採りに行って、思いがけなく真珠よりももっと貴い、美しい人魚を得たのです。人は真珠を恋することは出来ませんが、いかなる人でも人魚を見たら、彼の女を恋せずにはいられません。真珠には冷やかな光沢があるばかりです。しかし人魚は妖麗な姿の内に、熱い涙と暖かい心臓と神秘な智慧(ちえ)とを蔵しています。人魚の涙は真珠の色より幾十倍も浄らかです。人魚の心臓は珊期の玉より幾百倍も赤うございます。人魚の智慧は、印度の魔法使いよりも不思議な術を心得ています。人間の測り知られぬ通力を持ちながら、彼女はたまたま背徳の悪性を具えているために、人間よりも卑しい魚類に堕されました。そうして青い青い海の底を游ぎながら、常に陸上の楽土に憧れ、人間の世界を慕うて、休む暇なく嘆き悶えているのです。その証拠には、人は誰でも彼(あ)の美しい人魚の顔に、幽鬱な憂の影を認めることが出来ましょう。………」

こう云った時、異人は不自由な人魚の身の上を憐むが如く、自分も亦うら悲しげな表情を浮べました。

貴公子は人魚を見せられる前に、先ずその異人の容貌に心を動かされたようでした。彼は今まで、西洋人というものを未開の種族と信じていたのに、この、乞食のような蛮夷の顔を、つくづくと眺めれば眺める程、其処に気高い威力が潜んでいて、何となく自分を圧さえつけるように覚えたのです。その異人の持っている緑の瞳は、さながら熱帯の紺碧の海のように、彼の魂を底知れぬ深みへ誘い入れます。又、その異人の秀いでた眉と、廣い額と、純白な皮膚の色とは、美貌を以て任じている貴公子の物よりも、遙かに優雅で、端正で、しかも複雑な暗い明るい情緒の表現に富んでいるのです。

「一体お前は、誰から私の噂を聞いて、はるばる南京へやって来たのだ。」

異人が物語る人魚の話を、暫く恍惚として聴き入った後、貴公子はこう尋ねました。

「私はついこの間、媽港の街をさまようている際に、或る知り合いの貿易商から、始めてそれを聞いたのです。もしその以前に知れていたなら、恐らくあなたはもっと早く、私の人魚をご覧になることが出来たでしょう。私はこの珍しい売り物を携えて、およそ半年ばかりの間、亜細亜の国々の港という港を遍歴しましたが、何処の商人も、何処の貴族も、決してこれを購おうとはしませんでした。或る者は値段が餘り高過ぎると云って、臀込みをします。なぜと云うのに、人魚の代価は亜拉比亜の金剛石七十箇、交趾支那の紅宝石八十箇、それに安南の孔雀九十羽と暹羅の象牙百本でなければ、取り易える訳に行かないのです。又或る者は、人魚の恋が恐ろしさに、竦気を慄って逃げてしまいます。なぜと云うのに、昔から人間が人魚に恋をしかけられれば、一人として命を全うする者はなく、いつとはなしに怪しい魅力の罠に陥り、身も魂も吸い取られて、何処へ行ったか人の知らぬ間に、幽霊の如くこの世から姿を消してしまうのです。ですから、金と命とを惜しがる人は、容易に私の売り物へ手を着けることが出来ません。私は折角、稀世の珍品を手に入れながら、誰にも相手にされないで、長い間徒労な時と徒労な旅とを続けました。もしも媽港の商人から、あなたの噂を聞かなかったら、もう少うしで私は大事な商品を、持ち腐れにする所でした。その商人の話に依ると、私の人魚を買い得る人は、南京の貴公子より外にはない。その人は今、歓楽のために巨万の富と若い命とを拋(なげう)とうとして、拋つに足る歓楽のないのを恨んでいる。その人はもう、地上の美味と美色とに飽きて、現実を離れた、奇(く)しく怪しい幻の美を求めている。その人こそは必ず人魚を買うであろうと、彼は私に教えたのです。」

異人は相手が、自分の品物を買うか買わぬかということに就いて、少しも危惧を感じていないようでした。彼は貴公子の心を見抜いているような、確信のある言葉を以て語ったのです。しかもそういう彼の態度は、相手に何等の反感を与えなかったのみならず、むしろ止み難い焦慄の念をさえ起させました。貴公子は、彼の説明を聴かされているうちに、この男から必ず人魚を購うべく、命令されているような気になりました。自分がこの男から人魚を買うのは、豫定の運命であるかのように覚えました。

「その商人の云ったことは真実だ。私はお前が、媽港の人から聞いた通りの人間だ。お前が私を捜したように、私もお前を捜していた。お前が私を信ずるように、私もお前を信じている。私はお前の売り物を一応検分するまでもなく、お前が先云(さっき)うた代価で、今直ぐ人魚を買い取って上げる。」

貴公子のこの言葉は、彼自身ですらハッキリと意識しない内に、胸の底から込み上げて来て、思わず彼の唇に上ったのです。そうして見る間に、約束通りの金剛石と紅宝石と孔雀と象牙とが、或は五庫の匱(ひつ)の中から、或は苑囿(えんゆう)の檻の中から、庭前へ持ち運ばれて、石階の下(もと)に堆(うずたか)く積まれました。異人は今更、貴公子の富の力に驚いたような素振もなく、静かにそれ等の宝物の数を調べた後、車上の輀の布簾を掲げて、其処に淋しく鎖(とざ)されていた、囚われの身の人魚の姿を示しました。

彼の女は、うつくしい玻璃製の水甕(みずがめ)の裡に幽閉せられて、鱗を生やした下半部を、蛇体のようにうねうねとガラスの壁(へき)へ吸い着かせながら、今しも突然、人間の住む明るみへ曝されたのを恥ずるが如く、項(うなじ)を乳房の上に伏せて、腕(かいな)を背後の腰の辺(あたり)に組んだまま、さも切なげに据わっているのでした。

ちょうど人間と同じくらいな身の丈を持つ彼の女の体を、一杯に浸した甕の高さは、四五尺程もあるでしょう。中には玲瓏とした海の潮が満々と充たされて、人魚の喘ぐ度毎に、無数の泡が水晶の珠玉の如く、彼の女の口から縷々として沸々として水面へ立ち昇ります。その水甕が四五人の奴婢に舁がれて、車の上から階上の内庁の床に据えられると、室内を照らす幾十燈の燭台の光は、たちまち彼の女の露わな肉体に焦点を凝らせて、いやが上にも清く滑かな人魚の肌は、さながら火炎の燃ゆるように、一層眩く鮮やかに輝きました。

「私はこれまで、心私かに自分の博い学識と見聞とを誇っていた。昔から嘗て地上に在ったものなら、いかに貴い生き物でも、いかに珍らしい宝物でも、私が知らないということはなかった。しかし私はまだこれ程美しい物が、水の底に生きていようとは、夢にも想像したことがない。私が阿片に酔っている時、いつも眼の前へ織り出される幻覚の世界にさえも、この幽婉な人魚に優る怪物は住んでいない。恐らく私は、人魚の値段が今支払った代価の倍額であろうとも、きっとお前からその売り物を買い取っただろう。
……………」

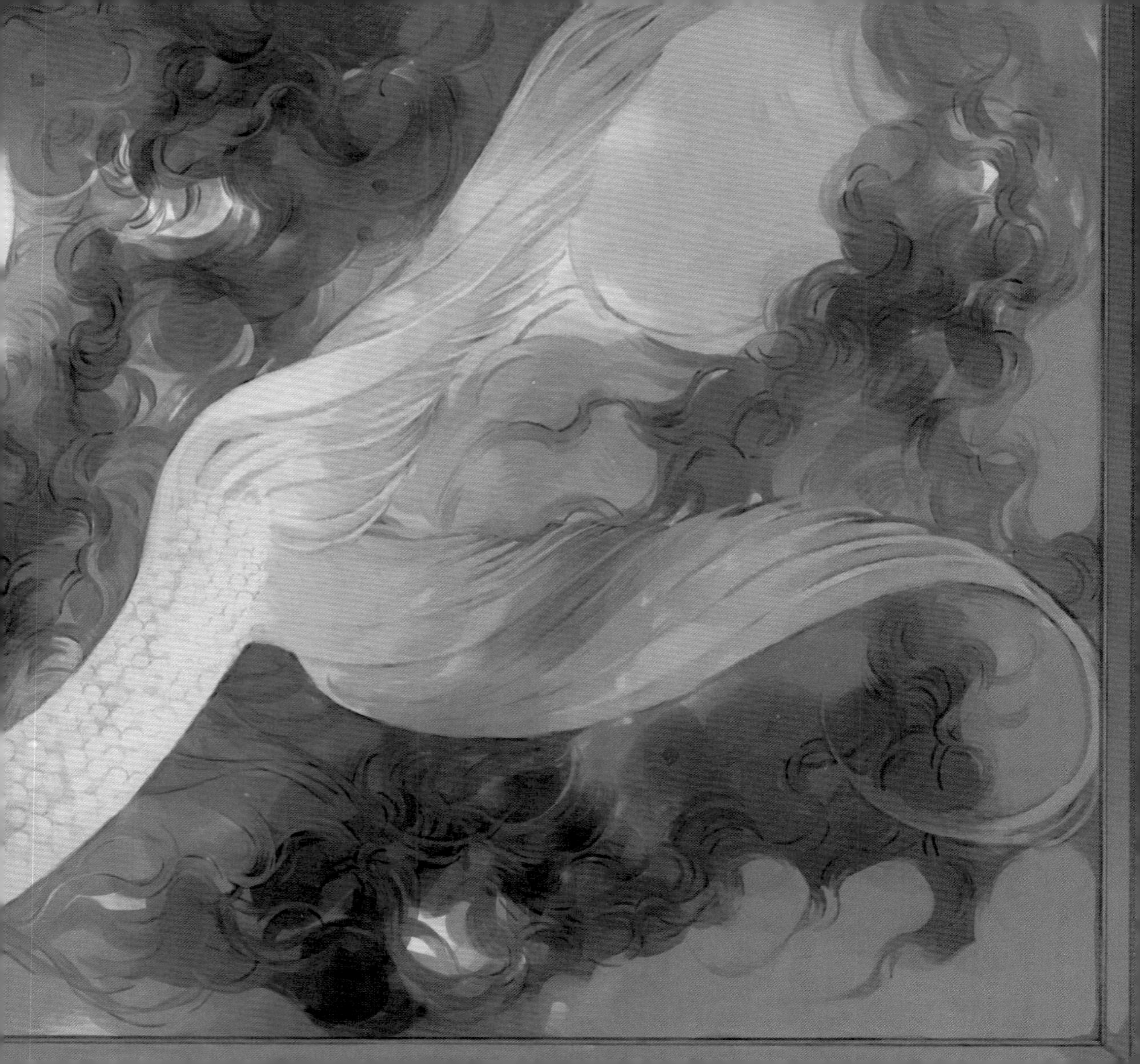

こう云っただけでは、まだ貴公子は自分の胸に溢れている無限の讃嘆と驚愕とを、充分に云い表わすことが出来ませんでした。なぜと云うのに、彼は今、自分の前に運び出された冷艶にして棲愴な、水中の妖魔を見るや否や、一瞬間に体中の神経が凍り付くような、強い、激しい、名状し難い魂の竦震を覚えたからです。そうして、いつまでもいつまでも、死んだように総身を硬張らせて彳立したまま、燦爛たる水甕の光を凝視しているうちに、訝しくも彼の瞳には、感激の涙が忍びやかに滲み出て来ました。彼は久し振りで、長らく望んでいた昂奮に襲われたのです。有頂天の歓喜に蘇生ることが出来たのです。彼はもう昨日までの、張り合いのない、退屈な月日を喞つ人間ではなくなりました。彼は再び、豊かな刺激に鞭撻たれつつ生の歩みを進めて行ける、心境に置かれたのでした。

「………私は地上の人間に生れることが、この世の中での一番仕合わせな運命だと思っていた。けれども大洋の水の底に、かくまで微妙な生き物の住む不思議な世界があるならば、私はむしろ人間よりも人魚の種属に堕落したい。あの瑰麗な鱗の衣を腰に纏うて、このような海の美女と、永劫の恋を楽しみたい。――この美女の涼しい眸や、濃い黒髪や、雪白の肌に比べると、私の座右に仕えている七人の妾たちは、まあ何という醜い、卑しい姿を持っているのだろう。何という平凡な、古臭い容子をしているのだろう。」

そう云った時、人魚は何と思ったか、ゆらりと尾鰭を振り動かして、俯向けていた顔を擡げながら、貴公子の姿をしげしげと見守りました。

博学な貴公子の鑑識は、書画骨董や工藝品ばかりでなく、支那に古くから伝わっている観相術にも精通していましたが、彼は今ようやく人魚の容貌を眺めて、その骨相を案ずるのに、到底自分の習い覚えた学問の範囲では、判断することが出来ないような稀有な特長を発見しました。彼女は成る程、絵に画いた人魚のように、魚の下半身と人間の上半身とを持っているには違いありません。けれどもその上半身の人間の部分、――骨組みだの、肉附きだの、顔だちだの、それ等の局所を一々詳細に注意すると、日常自分たちが見馴れている地上の人間の体とは、全く調子を異にしているのです。彼が修得した観相術の知識は、其処に応用の餘地がない程、彼の女の輪廓は普通の女と趣を変えているのです。

たとえば彼の女の、極度に妖婉な瞳の色と形とは、彼が知っている人相学のいかなる種類にも適合しません。その瞳は、ガラス張りの器に盛られた清冽な水を透して、あたかも燐のように青く大きく輝いています。どうかすると、眼球全体が、水中に水の凝固した結晶体かと疑われるほど、淡藍色に澄み切っていながら、底の方には甘い涼しい潤おいを含んで、深い深い魂の奥から、絶えず「永遠」を視詰めているような、崇厳な光を潜ませています。其処には人間のいかなる瞳よりも、幽玄にして杳遠な暈影が漂い、朗麗にして哀切な曜映がきらめいています。それから又、彼の女の眉と鼻の形状は、一層気高い、一層異常な、「美」を構成しているように感ぜられました。それ等の眉や鼻は、支那の人相学で貴ばれる新月眉とか、柳葉眉とか、伏犀鼻とか、胡羊鼻とかいう物とは、何処かしら様子が違っています。けれども其処には習慣的な「美」を超絶した、人間よりも神に近い美しさがあるのです。因襲的な「圓満」を通り越した、生滅者に対する不滅の圓満があるのです。

そうして彼の女が長い項をものうげに動かす時、暗緑色の髪の毛は海藻のように顫え悶えて、柔かい波の底を揺ぎさまよい、或いは渾沌とした雲霧の如く彼の女の額に降りかかり、或いは絢爛な孔雀の尾の如く上方へ延び拡がります。彼の女の持っている「圓満」は、啻に彼の女の容貌の上にあるばかりでなく、人間の形を成している肉体の総べての部分に認めることが出来ました。

頸から肩、肩から胸へ続いて行く曲線の優雅な起伏、模範的な均整を持つ両腕のしなやかさ、豊潤なようで程よく引き緊まった筋肉の、伸縮し彎屈する度毎に、魚類の敏捷と、獣類の健康と、女神の嬌態とが、奇怪極まる調和を作って、五彩の虹の交錯したような幻惑を起させます。就中（なかんずく）、最も貴公子の眼を驚かし、最も貴公子の心を蕩（とろ）かしたものは、実に彼の女の純白な、一点の濁りもない、皓潔無垢な皮膚の色でした。白いという形容詞では、とても説明し難いほど真白な、肌の光沢でした。それは餘りに白過ぎるために、白いと云うより「照り輝く」と云った方が適当なくらいで、全体の皮膚の表面が、瞳のように光っているのです。

何か、彼の女の骨の中に発光体が隠されていて、皎々たる月の光に似たものを、肉の裏から放射するのではあるまいかと、訝しまれる程の白さなのです。しかも近づいて熟視すれば、この霊妙な皮膚の上には、微かな無数の白毫のむく毛が、鬖々(さんさん)と生えて旋螺(せんら)を描き、その末端にさながら魚の卵のような、眼に見えぬ程の小さな泡が、一つ一つに銀色の玉を結んで、宝石を鏤(ちりば)めた軽羅の如く、彼の女の総身を掩うています。

「貴公子よ、あなたは私の豫期以上に、人魚の価値を認めて下さいました。あなたのお蔭で、私は充分な報酬を得、一朝にして巨万の富を手に入れることが出来ました。私は人魚を売った代りに、これ等の東洋の宝物を車に積んで、再び廣東の港へ帰るつもりです。そうして其処から汽船に乗って、遠い西洋の故郷へ戻ります。私の国では、ちょうどあなたが人魚を珍重なさるように、これ等の宝物を珍重する人が沢山あるのです。――私が最後の願いとして、どうぞ人魚に別れの接吻を与えさせて下さい。」

こう云いながら、異人が水甕の縁に寄り添うと、水中に水銀の躍るが如く、人魚はするすると上半身を表面へ露出して、両手に男人の項を抱えたまま、頬を擦り寄せて暫く潸然（さんぜん）と涙を流す様子です。その涙は、睫毛の端から頤へ伝わり、滴々とこぼれ落ちる間に、麝香（じゃこう）のような馥郁（ふくいく）たる薫りを、部屋の四方へ放ちました。

「お前は人魚が惜しくはないか。あれだけの値で私に売ったのを、今更後悔してはいないか。お前の国の人たちは、なぜ人魚より宝石の方を珍重するのだろう。お前はどうして、この人魚を自分の国へ持って帰ろうとしないのだろう。」

貴公子は、利慾のために美しい物を犠牲に供して顧みない、卑しい商人根性を嘲るような句調で云いました。

「成る程あなたがそう仰っしゃるのは御尤もです。しかし西洋の国々では、人魚はそんなに珍しい物ではありません。私の国は欧羅巴（ヨーロッパ）の北の方の、阿蘭陀（オランダ）という所ですが、私の生れた町の傍を流れているライン河の川上には、昔から人魚が住むという話を、子供の時分に聞いたことがありました。彼の女は時とすると、人間のような下半身を持ち、或いは鳥のような両足を具えて、地中海の波の底にも大陸の山林水沢の間にも、折々形を現して人間を惑わすことがあるのです。私の国の詩人や絵師は、絶えず彼の女の神秘を歌い、姿態を描いて、人魚の媚笑のいかになまめかしく、人魚の魅力のいかに恐ろしいかを、我れ我れに教えています。それ故欧羅巴では、人魚ならぬ人間までも、ひたすら彼の女の艶容を学んで、多くの女が孰（いず）れも人魚と同じような、白い肌と、青い瞳と、均整な肢体の幾分ずつを具備しています。もし貴公子がそれをお疑いなさるなら、試みに私の顔と皮膚の色とを御覧なさい。取るに足らない私のような男でも、西洋に生れた者は、必ず何処かに、この人魚と共通な優雅と品威とを持っているでしょう。」

貴公子は異人の言葉を、否定することが出来ませんでした。いかにも彼の云う通り、人魚と彼とは、容貌のうちに相似た特質のあることを、疾(と)うから貴公子は心付いていたのでした。讃嘆の程度こそ違え、彼は人魚に魅せられたように、この異人の人相にも少からず感興を唆(そそ)られていたのです。その男には人魚のような、圓満と繊妍とがないまでも、やがて其処へ到達し得る可能性が含まれているのです。その男は、支那の国土に住んでいる、黄色い肌と、浅い顔とを持った人間に比較して、むしろ人魚の種属に近い生き物らしく思われました。

小さな汽船で、世界中の大洋を乗り廻す西洋人はともかくも、その頃まで地の表面を「時間」と等しく無限な物と信じていた東洋の人間には、千里二千里の土地を行くのが、ほとんど百年二百年の時を生きるのと同じように、難事であると考えられていたのでした。まして亜細亜(アジア)の大国に育った貴公子は、さすがに好奇心の強い性癖を持ちながら、遥かな西の空にある欧羅巴(ヨーロッパ)という所を、鬼か蛇の棲む蛮界のように想像して、ついぞこれまで海外へ出て見ようなどと思ったことはなかったのです。

然るに今、生れて始めて、しみじみと西洋人の風貌に接し、その郷国の模様を聴いて、どうしてその儘黙っていることが出来ましょう。

「私は西洋というところを、そんなに貴い麗わしい土地だとは知らなかった。お前の国の男たちが、悉くお前のような高尚な輪郭を持ち、お前の国の女たちが、悉く人魚のような白皙(はくせき)の皮膚を持っているなら、欧羅巴は何という浄い、慕わしい天国であろう。どうぞ私を人魚と一緒に、お前の国へ連れて行ってくれ。そうして其処に住んでいる、優越な種属の仲間入りをさせてくれ。私はもう支那の国に用はないのだ。南京の貴公子として世を終るより、お前の国の賤民となって死にたいのだ。どうぞ私の頼みを聴いて、お前の乗る船へ伴ってくれ。」

貴公子は熱心のあまり、異人の足下に跪(ひざまず)いて外套の裾を捕えながら、気が狂ったように説き立てました。すると異人は、薄気味の悪い微笑を洩らして、貴公子の言葉を遮って云うのに、

「いやいや私は、むしろあなたが南京に留まって、出来るだけ長く、出来るだけ深く、哀れな人魚を愛してやることを、あなたのために望みます。たとえ欧羅巴の人間が、いか程美しい肌と顔とを持っていても、彼等は恐らく、この水甕の人魚以上にあなたを

満足させることは出来ますまい。この人魚には、欧羅巴人の理想とするすべての崇高と、すべての端麗とが具体化されているのです。あなたは此処に、この生き物の姚冶な姿に、欧羅巴人の詩と絵画との精髄を御覧になることが出来るのです。この人魚こそは欧羅巴人の肉体が、あなたの官能を楽しませ、あなたの霊魂を酔わせ得る、『美』の絶頂を示しております。あなたは彼の女の本国へ行っても、これ以上の美を求めることは出来ないでしょう。

………」

その時、異人は何と思ったか、眉宇の間に悲しげな表情を浮べて、嗟嘆するような調子になって、急に話頭を転じました。

「そうして私はくれぐれも、あなたの幸福と長寿とを祈ります。私はあなたが、既に彼の女を恋していることを知っているのです。人魚の恋を楽しむ者には早く禍が来るという、私の国の伝説を、あなたが実際に打ち破って下さることを祈るのです。私は人魚の代償として、あなたの大切な命までも戴こうとは思いません。もしも私が、再び亜細亜の大陸を訪問する日のあった時、幸いあなたにお目に懸れたら、その折にこそ私はあなたをお連れ申して上げましょう。………けれどもそれは、………けれどもそれは、………私はあなたがお気の毒でならないような気がします。」

云うかと思うと、異人は又も慇懃な稽首の礼を施して、人魚の代りに山の如く積み上げた宝物の車を、以前の驢馬に曳かせながら、庭前の闇へ姿を消してしまいました。

貴公子の邸は、人魚が買われてから俄かにひっそりと静かになりました。七人の妾は自分たちの綉房に入れられたきり、主人の前へ召し出される機会を失い、夜な夜な楼上楼下を騒がせた歌舞宴楽の響きも止んで、宮殿に召し使われる人々は皆溜息をつくばかりです。

「あの異人は何という忌ま忌ましい、胡乱(うろん)な男だろう。そうして何という奇体な魔物を売り付けて行ったのだろう。今に何かしら間違いがなければいいが。」

彼等は互いに相顧みて囁(ささや)き合いました。誰一人も、水甕の据えてある内房の帳を明けて、人魚の傍へ近寄る者はいませんでした。

近寄る者は主人の貴公子ばかりなのです。ガラスの境界一枚を隔てて、水の中に喘ぐ人魚と、水の外に悶える人間とは、終日、黙々と差し向いながら、一人は水の外に出られぬ運命を嘆き、一人は水の中に這入られぬ不自由を怨んで、さびしくあじきなく時を送って行くのでした。折々、貴公子は遣る瀬なげにガラスの壁の周囲を廻って、せめては彼の女に半身なりとも、甕の外へ肌を曝してくれるように頼みます。しかし人魚は、貴公子が近寄れば近寄るほど、ますます固く肩を屈めて、さながら物に怖じたように水底へひれ伏してしまいます。夜になると、彼の女の眼から落つる涙は、成る程異人の云ったように真珠色の光明を放って、暗黒な室内に螢の如く瑩々と輝きます。その青白いあかるい雫が、点々とこぼれて水中を浮動する時、さらでも夭姣な彼の女の肢体は、大空の星に包まれた嫦娥のように浄く気高く、夜陰の鬼火に照らされた幽霊のように悽く咒わしく、惻々として貴公子の心に迫りました。

或る晩のことでした。貴公子はあまりの切なさ悲しさに、熱燗の紹興酒を玉琖に注いで、腸（はらわた）を焼く強い液体の、満身に行き渡るのを楽しんでいると、その時まで水中に海鼠（なまこ）の如く縮まっていた人魚は、暖かい酒の薫りを恋い慕うのか、俄かにふわりと表面へ浮かび上って、両腕を長く甕の外へ差し出すのです。貴公子が試みに、手に持った酒を彼の女の口元へ寄せるや否や、彼の女は思わず我を忘れて真紅の舌を吐きながら、海綿のような唇を杯の縁に吸い着かせたまま、唯一と息に飲み干してしまいました。そうして、たとえばあの、ビアズレエの描いた、"The Dancer's Reward"という画題の中にあるサロメのような、悽惨な苦笑いを見せて、頻りに喉を鳴らしつつ次ぎの一杯を促すのです。

「それ程お前が酒を好むなら、私はいくらでも飲ませてやる。冷かな海の潮に漬っているお前の血管に、激しい酔が燃え上ったら、定めしお前は一層美しくなるであろう。一層人間らしい親しみと愛らしさとを示してくれるだろう。お前を私に売って行った和蘭（オランダ）人の話に依ると、お前は人間の測り知られぬ神通力を具えていると云うではないか。お前には背徳の悪性があると云うではないか。私はお前の神通力を見せて貰いたいのだ。お前の悪性に触れたいのだ。お前がほんとうに不思議な魔法を知っているなら、せめては今宵一と夜なりとも人間の姿に変ってくれ。お前が実際放肆（ほうし）な情慾を持っているなら、どうぞそのように泣いていないで、私の恋を聴き入れてくれ。」

貴公子がこう云いながら、杯の代りに自分の唇を持って行くと、窈渺（ようびょう）たる人魚の眉目は鏡に息のかかったように忽ち曇って、

「貴公子よ、どうぞ私を赦（ゆる）して下さい。私を憐んで赦して下さい。」

と、突然明瞭な人間の言語を発しました。

「……私は今、あなたが恵んで下すった一杯の酒の力を借りて、ようよう人間の言葉を語る通力を恢復しました。――私の故郷は、和蘭人の話したように、欧羅巴の地中海にあるのです。あなたがこの後、西洋へ入らっしゃることがあるとしたら、必ず南欧の伊太利(イタリア)という、美しいうちにも殊に美しい、絵のような景色の国をお訪ねなさるでしょう。その折もし、船に乗ってメッシナの海峡を過ぎ、ナポリの港の沖合をお通りになることがあったら、その辺こそ我れ我れ人魚の一族が、古くから棲息している処なのです。昔は船人がその近海を航すると、世にも妙なる人魚の歌が何処からともなく響いて来て、いつの間にやら彼等を底知れぬ水の深みへ誘い入れたと申します。――私はかくもなつかしい自分の住み家を持ちながら、ちょうど去年の四月の末、暖かい春の潮に乗せられて、ついうかうかと南洋の島国まで迷うて来たのです。そうして、とある浜辺の椰子の葉蔭に鰭(ひれ)を休めている際に、口惜しくも人間の獲物となって、亜細亜の国々の市場という市場に、恥かしい肌を曝しました。貴公子よ、どうぞ私を憐んで、一刻も早く私の体を、廣々とした自由な海へ放して下さい。たとえ私がいかほどの神通力を具えていても、窮屈な水甕の中に捕われていては、どうすることも出来ないのです。私の命と、私の美貌とは、次第次第に衰えて行くばかりなのです。あなたが是非とも人魚の魔法を御覧になりたいと思うなら、どうぞ私を恋いしい故郷へ帰して下さい。」

「お前がそのように南欧の海を慕うのは、きっとお前に恋人があるからだろう。地中海の波の底に、同じ人魚の形を持った美しい男が、夜昼(よるひる)お前を待ち憧れているのだろう。そうでなければ、お前はそんなに私を厭う筈がない。情(つれ)なくも私の恋を振り捨てて、故郷へ帰る道理がない。」

貴公子が恨みの言葉を述べる間、人魚は殊勝げに瞑目して首(こうべ)をうなだれ、耳を傾けていましたが、やがてしなやかな両手を伸ばしつつ、シッカリと貴公子の肩を捕えました。

「ああ、あなたのような世に珍らしい貴(あで)やかな若人を、私がどうして忌み嫌うことが出来ましょう。どうして私が、あなたを恋せずにいられるような、無情な心を持っているでしょう。私があなたに焦れている証拠には、どうぞ私の胸の動悸を聞いて下さい。」

人魚はひらりと尾を翻して、水甕の縁へ背を托したかと思う間もなく、上半身を弓の如く仰向きに反らせながら、滴々と雫の落ちる長髪を床に引き擦り、樹に垂れ下る猿のように下から貴公子の項を抱えました。すると不思議や、人魚の肌に触れている貴公子の襟頸は、さながら氷をあてられたような寒さを覚えて、見る見るうちに其処が凍えて痺れて行くのです。人魚の彼を抱き緊める力が、強くなれば強くなる程、雪白の皮膚に含まれた冷冰の気は、貴公子の骨に沁み入り髄を徹して、紹興酒の酔に熱した総身を、忽ち無感覚にさせてしまいます。そのつめたさに堪えかねて、あわや貴公子が凍死しようとする一刹那、人魚は彼の手頸を抑えて、それを徐ろに彼の女の心臓の上に置きました。

「私の体は魚のように冷かでも、私の心臓は人間のように暖かなのです。これが私の、あなたを恋いしている証拠です。」

彼の女がこう云った時、ふと貴公子の掌は、一塊の雪の中に、炎々と燃えている火のような熱を感じました。ちょうど人魚の左の胸を撫でていた彼の指先は、その肋骨の下に轟く心臓の活気を受けて、危く働きを止めようとした体中の血管に、再び生き生きとした循環を起させました。

「私の心臓はかくまで熱く、私の情熱はかくまで激しく湧いていながら、私の皮膚は絶ゆる隙間なく、忌まわしい寒気に戦(おのの)いています。そうしてたまたま、麗しい人間の姿を眺めても、人魚に生れた浅ましさには、宿業の報いに依って、その人を愛することを永劫に禁ぜられているのです。私がいかほどあなたを慕い憧れても、神に呪(のろ)われて海中の魚族に堕ちた身の上では、ただ煩悩の炎に狂い、妄想の奴隷となって、悶え苦しむばかりなのです。貴公子よ、どうぞ私を大洋の住み家へ帰して、この切なさと恥かしさから逃がして下さい。青いつめたい波の底に隠れてしまえば、私は自分の運命の、哀さ辛さを忘れることが出来るでしょう。この願さえ聴き届けて下さるなら、私は最後の御恩報じに、あなたの前で神通力を現わして見せましょう。」

「おお、どうぞお前の神通力を示してくれ。その代りには、私はどんな願いでも聴いて上げよう。」

と、うっかり貴公子が口をすべらせると、人魚はさもさも嬉しげに、両手を合わせて幾度か伏し拝みながら、

「貴公子よ、それでは私はもうお別れをいたします。私が今、魔法を使って姿を変えてしまったら、あなたはさぞかしそれをお悔みなさるでしょう。もしもあなたが、もう一遍人魚を見たいと思うなら、欧洲行きの汽船に乗って、船が南洋の赤道直下を過ぎる時、月のよい晩に甲板の上から、人知れず私を海へ放して下さい。私はきっと、波の間に再び人魚の姿を示して、あなたに御礼を申しましょう。」

云うかと思うと、人魚の体は海月(くらげ)のように淡くなって、やがて氷の溶けるが如く消え失せた跡に、二三尺の、小さな海蛇が、水甕の中を浮きつ沈みつ、緑青色の背を光らせ游いでいました。

人魚の教えに従って、貴公子が香港からイギリス行きの汽船に搭じたのは、その年の春の初めでした。或る夜、船がシンガポールの港を発して、赤道直下を走っている時、甲板に冴える月明を浴びながら、人気のない舷に歩み寄った貴公子は、そっと懐から小型なガラスの壜を出して、中に封じてある海蛇を摘み上げました。蛇は別れを惜しむが如く、二三度貴公子の手頸に絡み着きましたが、程なく彼の指先を離れると、油のような静かな海上を、暫らくするすると滑って行きます。そうして、月の光を砕いている黄金の瀲波を分けて、細鱗を閃めかせつつうねっているうちに、いつしか水中へ影を没してしまいました。

それから物の五六分過ぎた時分でした。渺茫とした遙かな沖合の、最も眩く、最も鋭く反射している水の表面へ、銀の飛沫をざんぶと立てて、飛びの魚の跳ねるように、身を翻した精悍な生き物がありました。天上の玉兎の海に堕ちたかと疑われるまで、皎々と輝く妖嬈な姿態に驚かされて、貴公子がその方を振り向いた瞬間に、人魚はもはや全身の半ば以上を煙波に埋め、双手を高く翳しながら、「ああ」と哎呦一声して、くるくると水中に渦を巻きつつ沈んで行きました。

船は、貴公子の胸の奥に一縷の望を載せたまま、恋いしいなつかしい欧羅巴の方へ、人魚の故郷の地中海の方へ、次第次第に航路を進めているのでした。

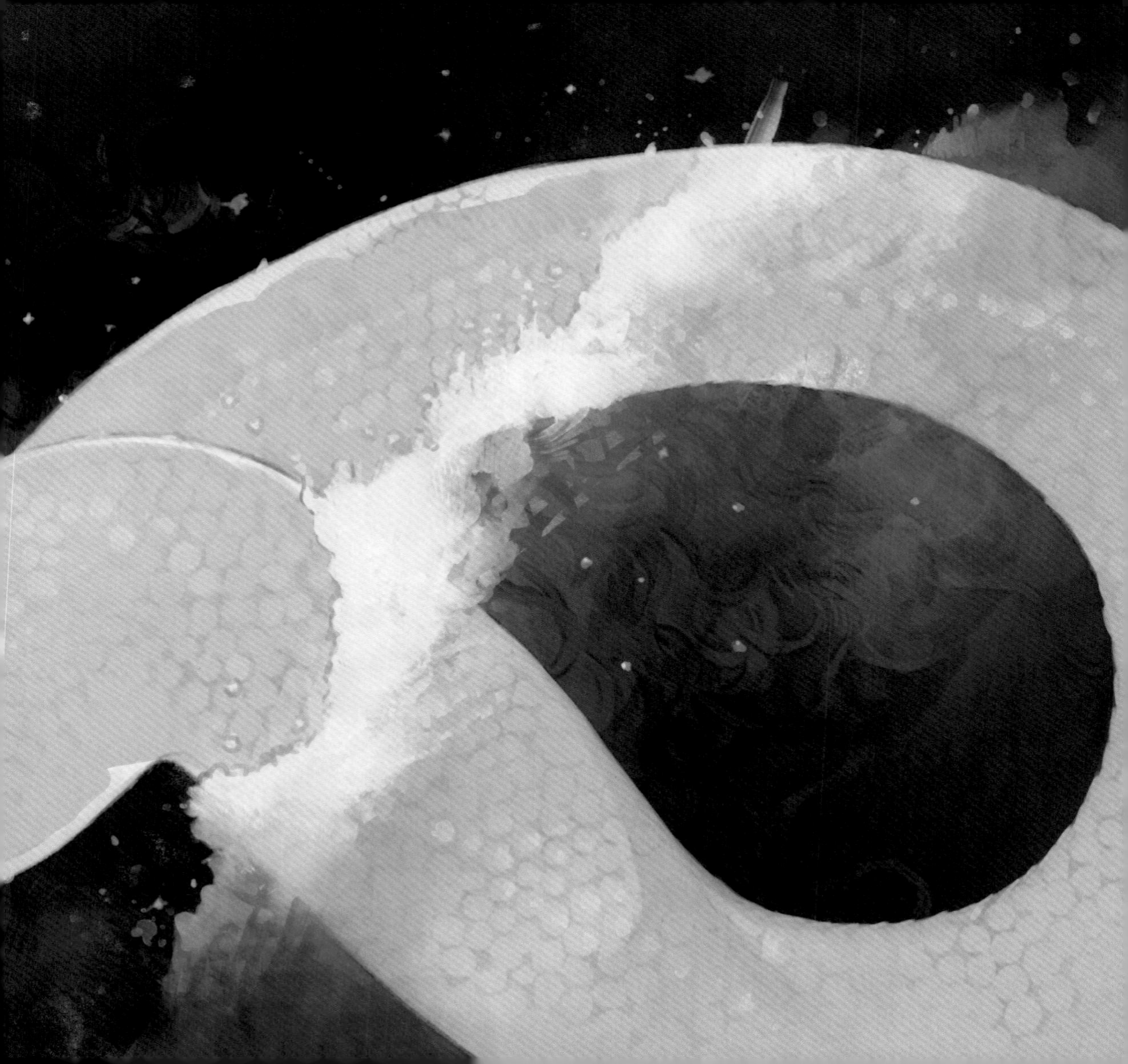

※本書には、現在の観点から見ると差別用語と取られかねない表現が含まれていますが、原文の歴史性を考慮してそのままとしました。

乙女の本棚シリーズ

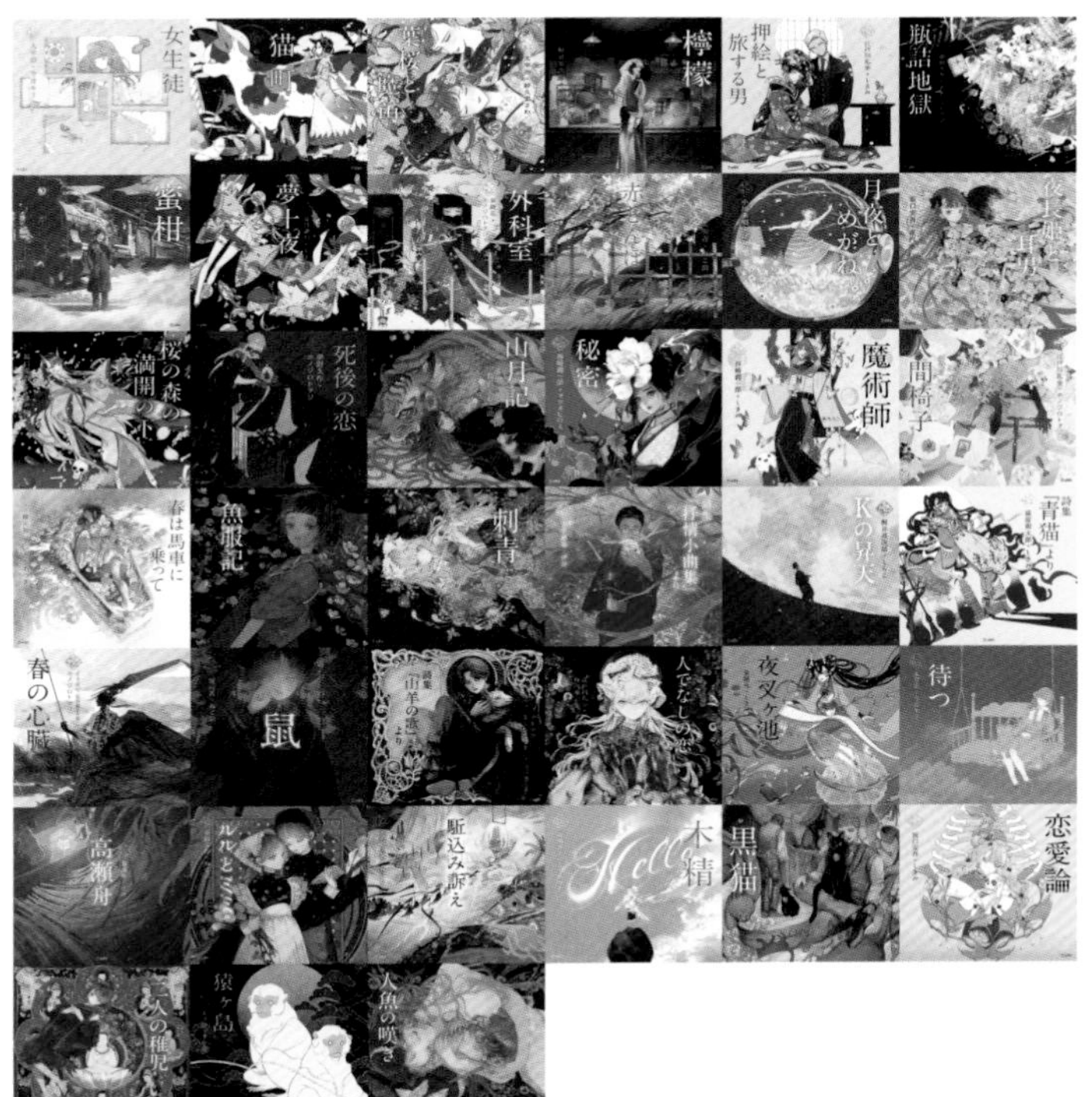

［左上から］

『女生徒』太宰治 + 今井キラ／『猫町』萩原朔太郎 + しきみ
『葉桜と魔笛』太宰治 + 紗久楽さわ
『檸檬』梶井基次郎 + げみ
『押絵と旅する男』江戸川乱歩 + しきみ
『瓶詰地獄』夢野久作 + ホノジロトヲジ
『蜜柑』芥川龍之介 + げみ ／『夢十夜』夏目漱石 + しきみ
『外科室』泉鏡花 + ホノジロトヲジ
『赤とんぼ』新美南吉 + ねこ助
『月夜とめがね』小川未明 + げみ
『夜長姫と耳男』坂口安吾 + 夜汽車
『桜の森の満開の下』坂口安吾 + しきみ
『死後の恋』夢野久作 + ホノジロトヲジ
『山月記』中島敦 + ねこ助
『秘密』谷崎潤一郎 + マツオヒロミ
『魔術師』谷崎潤一郎 + しきみ
『人間椅子』江戸川乱歩 + ホノジロトヲジ
『春は馬車に乗って』横光利一 + いとうあつき
『魚服記』太宰治 + ねこ助
『刺青』谷崎潤一郎 + 夜汽車
『詩集『抒情小曲集』より』室生犀星 + げみ
『Kの昇天』梶井基次郎 + しらこ
『詩集『青猫』より』萩原朔太郎 + しきみ
『春の心臓』イェイツ（芥川龍之介訳）+ ホノジロトヲジ
『鼠』堀辰雄 + ねこ助
『詩集『山羊の歌』より』中原中也 + まくらくらま
『人でなしの恋』江戸川乱歩 + 夜汽車
『夜叉ヶ池』泉鏡花 + しきみ
『待つ』太宰治 + 今井キラ／『高瀬舟』森鷗外 + げみ
『ルルとミミ』夢野久作 + ねこ助
『駈込み訴え』太宰治 + ホノジロトヲジ
『木精』森鷗外 + いとうあつき
『黒猫』ポー（斎藤寿葉訳）+ まくらくらま
『恋愛論』坂口安吾 + しきみ
『二人の稚児』谷崎潤一郎 + 夜汽車
『猿ヶ島』太宰治 + すり餌
『人魚の嘆き』谷崎潤一郎 + ねこ助

全て定価：1980円（本体1800円+税10%）

『悪魔　乙女の本棚作品集』
しきみ

定価：2420円（本体2200円+税10%）

人魚の嘆き

2024年 6月12日　第1版1刷発行

著者　谷崎 潤一郎
絵　ねこ助

編集・発行人　松本 大輔
デザイン　根本 綾子(Karon)
協力　神田 岬、藤沢 緑彩
担当編集　切刀 匠

発行：立東舎
発売：株式会社リットーミュージック
〒101-0051 東京都千代田区神田神保町一丁目105番地

印刷・製本：株式会社広済堂ネクスト

【本書の内容に関するお問い合わせ先】
info@rittor-music.co.jp
本書の内容に関するご質問は、Eメールのみでお受けしております。
お送りいただくメールの件名に「人魚の嘆き」と記載してお送りください。
ご質問の内容によりましては、しばらく時間をいただくことがございます。
なお、電話やFAX、郵便でのご質問、本書記載内容の範囲を超えるご質問につきましてはお答えできませんので、
あらかじめご了承ください。

【乱丁・落丁などのお問い合わせ】
service@rittor-music.co.jp

Printed in Japan　ISBN978-4-8456-4062-1
定価1,980円(1,800円+税10%)